LA

GUERRE DE CRIMÉE

POÈME,

PAR E. BISSON,

Pax vobis......

---- ❋ ----

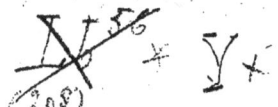

MONTMARTRE,

IMPRIMERIE PILLOY ET PERRAULT,

Boulevart Pigale, 50.

——

1858.

LA
GUERRE DE CRIMÉE

POÈME,

PAR E. BISSON,

Pax vobis......

———— ✠ ————

MONTMARTRE,

IMPRIMERIE PILLOY ET PERRAULT,

Boulevart Pigale, 50.

—

1858.

LA

GUERRE DE CRIMÉE

Pax vobis. . . . .

———·✦·———

I.

Faudra-t-il que toujours la loi du Créateur,
Qui veut que les humains, du pôle à l'équateur,
Reviennent opérer le mélange des races,
Ne laisse que du sang pour indiquer ses traces?
Que les hommes, créés pour s'aimer, se bénir,

S'approchent seulement pour se faire souffrir ?

Et que, pour retourner au berceau de leurs pères,

Comme notre sang va des veines aux artères

Pour se régénérer, affreux, se déchirant,

Ils aillent, comme loups, entre eux se dévorant ?

Non ! c'est trop monstrueux ! cela ne peut plus être !

Et, peuples, c'est à vous de le faire paraître ;

A toi, germe de paix, civilisation !

Seul et constant foyer de noble ambition.

De tout temps cette loi fut mal interprétée ;

Attila pressentit que Dieu seul l'a dictée ;

Mais lui, du Tout-Puissant qui se crut le fléau,

Dans un code d'amour n'aperçut qu'un tombeau.

Hélas ! pour le vrai but il faut encor combattre :

Avec les bataillons le sort aime à débattre :

Mais nous qui déplorons ce terrible accident

Sachons donc ce qu'a fait, de nos jours, l'Occident

Contre l'invasion, au nord, périodique

Dès que Pierre-le-Grand la rendit politique.

Et comment l'empereur, cet auguste héritier

D'un génie aujourd'hui connu du monde entier,

Fit, avec l'Ottoman, le Sarde et l'Angleterre,

Comprendre vaillamment qu'injuste est une guerre

Qui poursuit le seul but de l'envahissement :

Donnant le beau spectacle, heureux saisissement,

D'un Napoléon qui réprouve la conquête ;

Et qui trouva l'Europe à l'aider toute prête.

II.

Armez vos vaisseaux redoutés,
Frétez vos corvettes légères,
Anglais ; par vos soins transportés,
Nos soldats francs seront vos frères.
Les temps des haines sont passés ;
Oublions nos vieilles rancunes ;
D'une même étreinte enlacés,
Marchons à des gloires communes.
Notre œuvre est sainte, unissons-nous ;
Refaisons une autre croisade ;
Peuples d'Occident, marchons tous
Comme une héroïque pléïade !
Allez ! fiers neveux des croisés,
De Bouillon vous vengez la cendre,
Que des Grecs, prêtres insensés,
Hors du cercueil ont fait répandre.
En avant ! fils de ces soldats,
Héros d'Austerlitz et d'Arcole,
Qui, pour vaincre dans les combats,
Avec ardeur suivaient l'école
De celui qu'après Aboukir,
Les Turcs, d'un élan fanatique,
Appelaient le Sultan Kébir,
Qui venait régner sur l'Afrique.

Le respect qu'ils lui témoignaient,
Aujourd'hui fait place à l'estime
Que, dans ce temps, ils dédaignaient
De rendre à l'escorte sublime.
Et c'est en amis, en sauveurs,
Que l'Osmanlis reçoit nos frères,
Qui viennent, nobles défenseurs,
Du volcan fermer les cratères.
Aussi, lorsque répercuta,
A tous les échos de l'Europe,
Le bruit du canon qui jeta
Aux vagues la flotte à Sinope,
Anglais et Français accourus,
Sur leurs escadres redoutables,
Aux Turcs, qu'ils avaient secourus,
Donnaient des forces indomptables.
Tout ne devait-il pas céder
Devant ces guerriers que rassemble
Le bon droit, que viennent aider
Force et courage unis ensemble?
Ce qu'il me faudrait, à présent,
Oui, c'est la pointe d'une épée !
Pour tracer, de l'exploit recent,
Sur marbre, la grande épopée !
Car, outre le mortél fléau
Qui décima l'armée entière,
Le feu, le froid, les vents et l'eau
A nos troupes firent la guerre.

III.

Lorsque, des rivages anglais,
Quittant masures et palais,
Des soldats vont, pleins d'espérance,
On voit, de Cherbourg à Toulon,
Doublant le mont et le vallon,
Des régiments quitter la France.
Et puis, voguant sur les deux mers,
Les héros dont nous sommes fiers,
Ayant salué le Pirée,
Après du fils de Télamon
Avoir évoqué le grand nom,
A Salamine l'admirée,
Aspirent à voir Ténédos ;
Et c'est après un court repos,
Qu'ayant laissé Malte à l'aurore,
Ils aperçoivent, un matin,
La ville où régna Constantin,
Se mirant aux flots du Bosphore.
Mais, sous le ciel resplendissant,
Plus d'un soldat agonisant
Regrettait une mort plus belle ;
Car le choléra, compagnon
De toute agglomération,
Commence sa guerre cruelle!
Partez! partez! vous que chercha,
Aux marais de la Dobrudscha,

Le fléau, partout si terrible,
Quittez Gallipoli, Varna,
Où, sans relâche il vous vanna,
Dans son infatigable crible,
Soldats! un sort plus glorieux
Vous est promis sous d'autres cieux,
Laissez cette dernière ville,
Où le feu, jetant sa douleur
En appoint à votre malheur,
Brûla tout comme paille vile!
Allez! vos vaisseaux sont tous prêts;
Ils s'inclinent sous leurs agrès
Pour vous porter sur la Crimée;
Et de leurs vœux les Nations,
Accompagnent vos bataillons
Formant la plus heureuse armée.
Là, c'est le flegmatique Anglais;
Ici, le pétulant Français;
Puis le grave enfant de l'Afrique;
Le Sarde et le Turc belliqueux
Dont l'effort fut si courageux
Dans la Chersonèse Taurique.
Et de toutes religions,
De contraires opinions,
Ils montrent l'unique assemblage.
Mais, de la Tamise ou du Nil,
Ils auront tous, dans le péril,
Même ardeur et même courage!

Chacun fut plein d'attention,
Guerriers, puis d'admiration
Pour vos succès, pour vos souffrances.
Et vos ennemis imposants,
Nombreux, énergiques, puissants,
Tinrent dans de cruelles transes,
Depuis les rives de l'Alma,
Quand votre valeur entama
De Menschikoff la belle armée ;
Jusquà Sébastopol, enfin,
Où la guerre a trouvé sa fin,
Aux yeux de l'Europe charmée.

IV.

Heureux celui qui dignement saura
Bien assembler et qui nous apprendra
Les traits vaillants, cette gloire innommée
Que sait encor la juste renommée.
Mais je veux dire, à défaut d'inconnu,
Les grands exploits dont le bruit est venu :
C'est la défense aux murs de Silistrie,
Où les Turcs seuls vengèrent leur patrie,
L'Alma, que garde un massif de rocher
Que le zouave a gravi pour chercher
Le soldat russe étonné de l'audace,
Lui, qui croyait tout foudroyer sur place.
Balaclava, Inkermann, Traketir ;

Combats rivaux d'Iéna, d'Aboukir.

Hélas ! après des combats pleins de gloire,

Vinrent des maux qu'on se refuse à croire,

Par le courage héroïque et constant,

Qu'il a fallu dans chaque combattant :

L'hiver, d'abord, déchaînant ses tempêtes,

Comble soudain les parallèles prêtes ;

Détruit la tente et laisse sans abri

Notre soldat encor mal aguerri,

Le feu tombant atteint la poudrière,

Jonchant de morts la plaine tout entière,

Et la mer Noire, au trop juste renom,

Perd un vaisseau qui porte un noble nom.

Le Henri-Quatre ensable sur la rive ;

Et le Pluton non loin de lui dérive.

Puis, de nombreux bâtiments de transports

Comme eux, jamais, ne reverront leurs ports

Un même sort frappe la Sémillante,

Sur l'autre mer qui s'est faite inclémente ;

A l'île Sarde, impuissant, emporté,

Par l'ouragan le navire est jeté !

Et la douleur a recueilli l'épave

Qui seule indique une perte si grave !

Mais, cependant, le destin n'est point las !

Mourants sur morts il accumule, hélas !

Sébastopol, qu'une attaque incomplète

A rassuré, double son feu qui jette

Partout le fer aux braves assaillants ;

De leurs revers ce sont les plus saillants ·
Enfin pour eux le ciel se rassérène,
Et la victoire accourt et les entraîne ;
Kert et Sweaborg, brûlés par nos marins,
Des Russes ont anéanti les grains ;
La place enfin, toujours ravitaillée,
Tombe au pouvoir de l'armée alliée !
En vain l'on a tenté de l'investir ;
De ses canons de fatiguer le tir ;
Efforts perdus ! nos colonnes hachées
S'irritent dans leurs nombreuses tranchées !
A l'assaut donc ! en avant ! droit au but !
Là, c'est la mort ou plutôt le salut !
Ils sont vainqueurs ! l'attaque impétueuse,
A Malakoff a son issue heureuse.
La forteresse, avant-garde du Nord,
Périt enfin sous le feu qui la mord !
Puis, à Goughil, nos cavaliers rapides
Emportent dans leurs charges intrépides
L'espoir du Russe aux steppes s'évadant,
Que de Kimburn l'écho suit en grondant.

V.

Mais après l'action, l'on se cherche et l'on pleure !
Que d'absents ! de meurtris ! on compte en la demeure ;
On se redit les noms qu'a choisis le trépas ;
L'héroïsme est ici visible à chaque pas.

Et, prodiguant ses soins, la sœur hospitalière,
De son beau dévoûment entoure la civière.
Saint-Arnaud, des premiers, trouve une triste mort,
Car c'est après l'Alma que l'a frappé le sort !
Raglan et d'Elkingen, qu'un même mal emporte,
Laissent dans les regrets notre double cohorte.
Puis ceux que recéla l'héroïque cercueil
Ou qui de leurs drapeaux se firent un linceuil (1).
Leurs beaux noms sont écrits des mains de la Victoire,
Comme ceux des vivants favoris de la gloire.
Parmi tous ces derniers on ne peut que choisir :
Pelissier, dont l'audace a su faire surgir
D'un coup de son épée un duché de la terre,
Trouvant au bastion son titre héréditaire.
Canrobert, justement adoré du soldat,
En français ce nom dit des actions d'éclat.
Bosquet, que les Anglais à bon titre révèrent,
Depuis que ses exploits de la mort les sauvèrent.
Cent autres chefs, et puis nos vaillants amiraux
Qui forcèrent le Russe à cacher ses vaisseaux.
Autour de ces beaux noms, comme des satellites,
Phalange de héros brillamment tu gravites,
Car, signes de l'honneur, des ordres radieux
Constellent tes héros, comme étoiles les cieux.

---

(1) Les trois porte-drapeaux de l'Alma.

VI.

D'ennemis animés de fureurs trop égales,
Il ne reste, aujourd'hui, que nations rivales
En hommes valeureux, qui purent se compter,
En actes émouvants qu'on aime à raconter.
Et Nicolas mourant semble avoir dans la tombe
Emporté dans son sein la colère qui tombe ;
Son fils aîné succède, et l'ère de la paix
A commencé son règne ; il porte le doux faix
Des innovations, des idées généreuses,
Qu'annonce la vapeur aux courses si fougueuses,
Mais que précède encor ce messager de l'air,
Foudre dont nos savants ont dérobé l'éclair,
Qui transmet la pensée à peine éclose et passe
Vite comme un rayon qui traverse l'espace.
Cette conquête fit que l'on connut ses droits,
Même jour et même heure, en cent divers endroits ;
Et ce pouvoir nouveau, qui détruit les distances,
Redit soudain partout les dignes conférences
Qui devaient aboutir au parisien congrès ;
Puis un prince naquit (1) et sembla tout exprès
Paraître comme un gage, surtout comme un symbole,
De la paix en Europe, allant du Sud au Pôle.

---

(1) Le prince impérial français.

VII.

A toi Napoléon ! à toi l'insigne honneur !
C'est par ton entremise, alors, que la douleur
A fui de nos pays, transportant les batailles
Chez l'Indien, hélas ! funestes représailles !
Mais, porte tes bienfaits aux sectateurs d'Omar,
Ainsi que l'aurait fait le moderne César,
Ton oncle bien aimé, lorsqu'il se mit en quête
Des canaux de l'Egypte, aux jours de la conquête.
Il voulait que Péluse , à Suez réuni
Par d'humides chemins, eût en son temps fourni
Un commerce puissant à des rives nouvelles,
Aujourd'hui le séjour du tigre et des gazelles ;
Créant une fortune aux peuples du Levant,
Où sévissent contre eux les sables et le vent ;
Puis, pour leur prodiguer, avec cette richesse,
Des trésors bien plus grands : sciences et sagesse,
Il s'était entouré de vrais législateurs,
Savants qu'il regardait comme des bienfaiteurs ;
Et, c'est à l'Institut, ce temple de mémoire,
Dont il sut être membre et s'en fit toujours gloire
Qu'il a pu réunir des hommes supérieurs,
Pour ses travaux empreints de toutes les grandeurs.
Poursuis ces grands projets et donne à tout le monde
Ton appui souverain, ta volonté féconde !
De l'Europe et d'Asie assemble les deux mains
A l'isthme de Suez ; et que tous les humains

Acclament dans ton nom la paix universelle,

Secondant en ses vœux la justice éternelle.

Qu'on ne rencontre plus ces effets désastreux

Que firent naître tous nos myopes aïeux,

Par des rigueurs formant entre chaque peuplade

Une mare de sang en place d'accolade !

Que le Nord au Midi trouve, pour s'allier,

Un commerce annulant tout projet meurtrier,

De sorte que pour voir la zône tempérée

Sur la terre, on ne puisse, en un cercle enserrée,

La connaître en teignant de sang son large anneau :

Ferme-nous cette arène et ce vaste tombeau.

FIN.

E. BISSON.

15 novembre 1857.

Montmartre. — Imp. Pilloy et A. Perrault.